일상의 살인

청춘문고

시작

—

때로는 극악무도한 행동이 아닌 아무런 의미 없는 행동이 더 치명적으로 와닿을 때가 있습니다. 이 책은 일상생활에서 사물을 향해 아무렇지 않게 하는 행동들을 살인으로 비유해 그려 넣었습니다.

살인의 과정을 설명하는 형식의 텍스트와 일러스트로 이루어져 있어 조금만 각도를 틀어서 보게 되면 순수와 잔인이 공존하는 양면의 것을 발견할 수 있을 겁니다.

제가 가장 좋아하는 신체의 일부인 손으로 행하는 평범한 행동이 얼마나 잔인해질 수 있는지 궁금하시다면 원하는 사물이 있는 장으로 넘어가 보세요.

목차

EVERYDAY
MURDER

기억 . 01

그 날이 아마 어두운 광 안에 가둬둔 지 일주일째 되던 날이었던 것 같다. 광으로 통하는 문을 열자 안으로 빛이 가득 들어찼다. 한 손으로 우악스럽게 잡아채 광 밖으로 끄집어냈다. 여기저기 살짝씩 퍼렇게 멍이 든 모습이 이 상황에서 어이없게도 측은해 보였다. 그냥 살려줄까 싶기도 했지만 내 얼굴을 봤으니까 어쩔 수 없다.

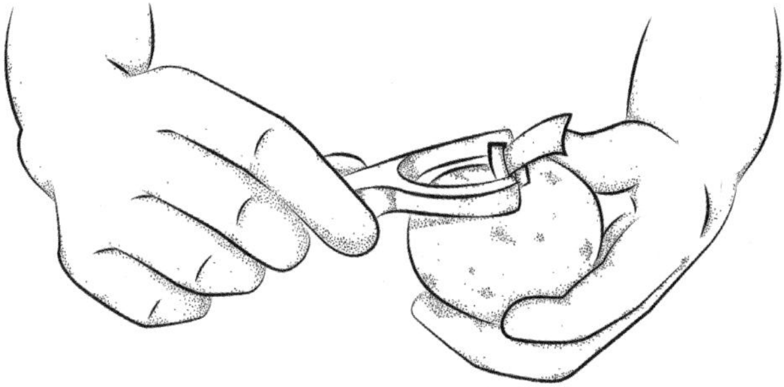

일상의 살인

EVERYDAY
MURDER

감자

EVERYDAY
MURDER

기역 . 02

피부란 게 원래 이리 약한가? 손가락에 별로 힘도 주지 않았는데 이렇게 떨어져 나가다니. 뭐 피부가 약하다기보단 그 날 이후 내가 너무 오래 내버려 둔 걸지도 모르겠다. 흐음— 처음 만났을 때 그렇게 좋은 향기가 났었는데 지금은 향기가 너무 약해졌다. 아쉽다.

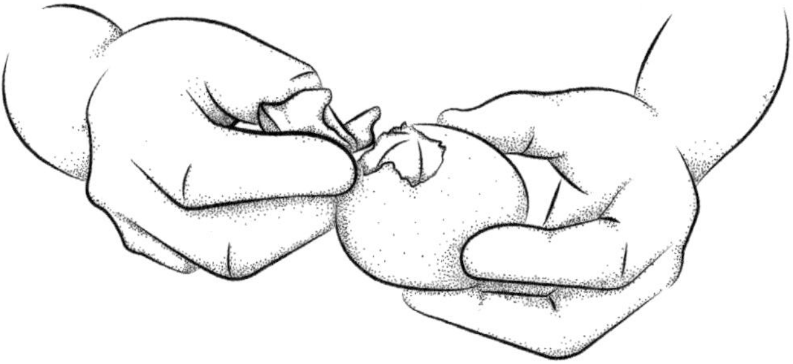

일상의 살인

EVERYDAY
MURDER

귤

EVERYDAY
MURDER

니은

불쾌지수가 극에 달한 8월이었다. 주저할 새도 없이 미리 준비되어있던 가위를 집어 들었다. 형광등에 반사되는 날이 보기에도 날카로워 한 번에 끝날 것 같아 기분이 나아졌다. 방해되는 것들은 일찍 해치워놓았기에 어려운 작업은 아니었다. 싹둑 잘라내자 힘이 빠진 듯 바닥으로 추욱— 쓰러지는 모습이 참으로 볼썽사나웠다. 이미 바닥은 벌겋게 흥건했고 나도 모르게 입맛을 다시고 있었다.

일상의 살인

EVERYDAY
MURDER

냉면

미음

쿵— 쿵— 매는 맵지만, 사랑이 담겨있다고 내게 항상 그분이 말씀하셨다. 맞을 때는 아프기만 했는데, 내가 그 입장이 되니 그분 말씀이 맞았다. 맵지만 때리는 시간 안에는 사랑이 담겨있었다.
아니다. 사실 그럴 리가 없다. 한참을 정신없이 때리고 나니 처량하게 으깨져 있는 모습이 눈에 들어왔다. 그래 나도 결국은 똑같아졌구나. 아무리 부정해도 어쩔 수 없는 부분이었다. 눈보다 마음이 참 맵다. 쿵— 쿵—

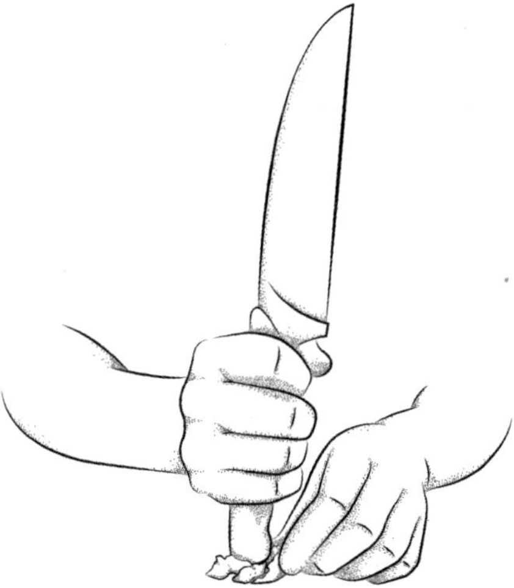

일상의 살인

—

EVERYDAY
MURDER

—

마늘

EVERYDAY
MURDER

비읍 . 01

방심한 사이 살짝 장난으로 민다는 것이 순식간에 그대로 빠져버려 나도 당황했다. 여기 수심이 가장 깊다던데. 올라오기 위한 발버둥으로 인해 몸이 아닌 엄청난 거품들이 대신 올라오는 것이 보인다. 어— 음— 어떻게 해야 하지 하는 사이 너무나 조용해졌다. 물 안을 하염없이 들여다보니 너무나 고요했고 오히려 내가 더 무서워지기 시작했다.

일상의 살인

EVERYDAY
MURDER

발포비타민

비읍 . 02

힘만 가지고 할 작업이 아니다. 삐끗하지 않게 한 번에 찔러 넣어야 나도 편하고 상대편도 편하다. 날카로운 끝을 정확한 위치에 올리고 한 번에 찔러 넣는 연습을 무수히도 많이 해봤지만, 생각보다 쉽지가 않아 항상 실패였는데 오늘은 들어가는 느낌이 나쁘지 않다. 드디어 오늘 성공인가?

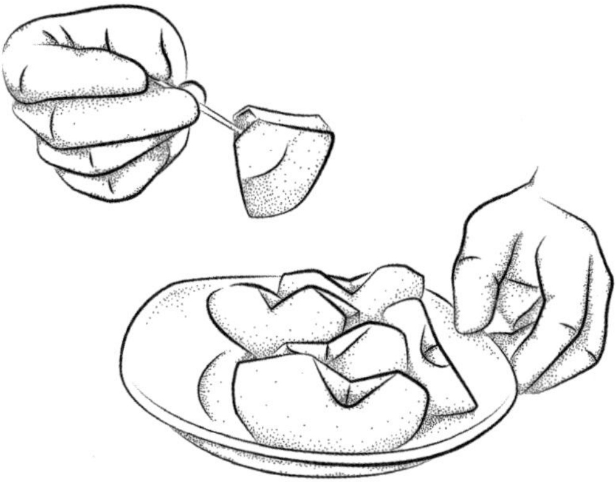

일상의 살인

EVERYDAY
MURDER

배

EVERYDAY
MURDER

비읍 . 03

칼질이 점점 더 능숙해질수록 죄책감과 미안함은 이미 사라진 지 오래다.
속도가 빨라지고 뒤처리도 이젠 깔끔하다.
무엇이든 처음이 어려울 뿐이다.

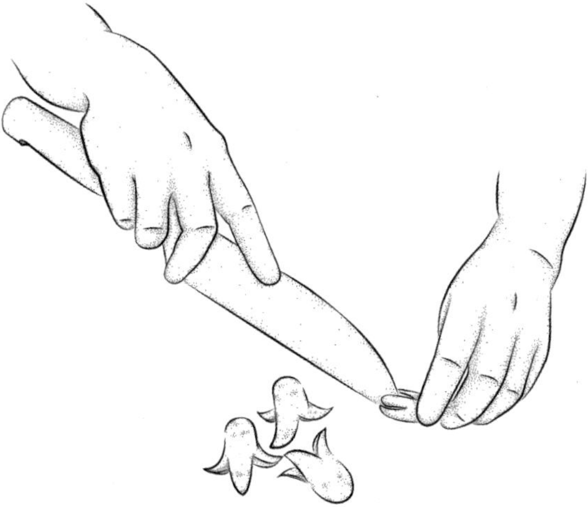

일상의 살인

EVERYDAY
MURDER

비엔나 소세지

시옷 . 01

스윽— 스윽— 얇디얇은 피부들이 결을 따라 베어져 나왔고 한편으로 경이로워 보이기까지 했다. 아직 서툴러 두툼하게 베어진 부분도 있고 얇게 베어진 부분도 있고 뒤죽박죽이었지만, 원래 계획대로 몸통을 반으로 가르지 않은 것이 외관상 더 좋은듯싶다.
아— 아— 예술은 멀리 있지 않아. 역시.

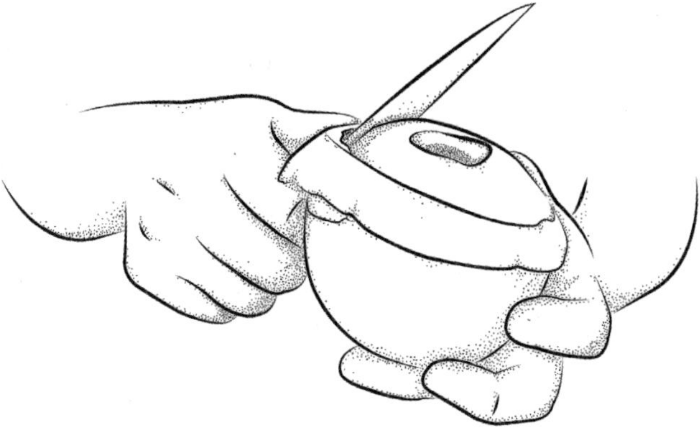

일상의 살인

EVERYDAY
MURDER

사과

EVERYDAY
MURDER

시옷 . 02

음, 그게 말이에요. 제가… 제가 정말 살짝 잡아당기기만 하려고 그랬는데 그게… 그게 좀 잘못됐나 봐요. 처음부터 그러려고 그랬던 건 아닌데… 나도 모르게 화가 나서… 악의적으로 그런 건 아니에요. 그런데 다리 부러진 건 제 잘못이긴 한데요… 걔가 그 다음에 그렇게 된 건… 정말 제가 그런 게 아니에요. 진짜예요. 그건 저 아니란 말이에요.

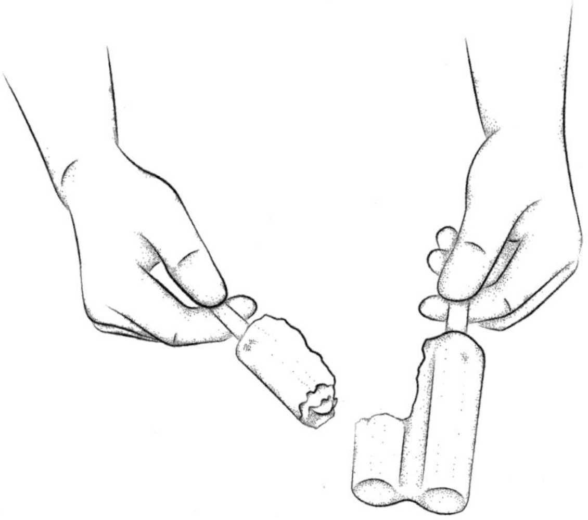

일상의 살인

EVERYDAY
MURDER

쌍쌍바

EVERYDAY
MURDER

시옷 . 03

나빠진 기분은 좀처럼 다시 돌아오지 않았다. 찰랑찰랑 내 마음을 들었다 놨다 하다가 금세 열이 올랐다가 금세 식는 그런 온도 차이에 더 이상의 인내는 없었다. 목에 진하게 남겨져 있는 주름들을 최대한 안 보이게 잡고 있는 힘껏 비틀었다. 약간의 소리가 났고 찰랑대던 내 마음도 멈추었다.

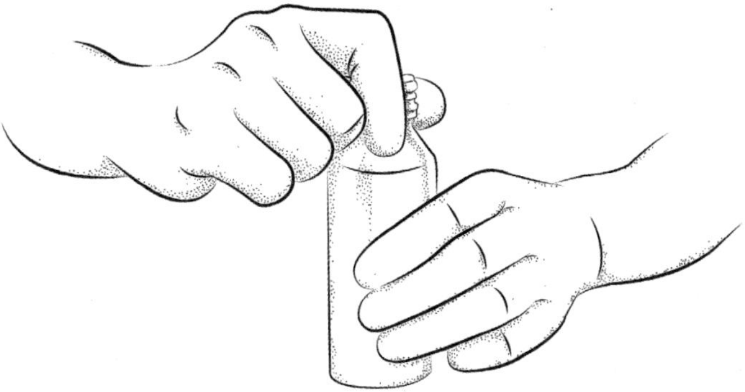

일상의 살인

EVERYDAY
MURDER

쌍화탕

EVERYDAY
MURDER

시옷 . 04

원래도 말이 많은 것은 알고 있었는데 라이터를 가져다 대자 어찌나 더 시끄럽게 소리를 지르던지. 진작 때려서 기절시키고 시작했어야 했나. 아직 제대로 시작도 안 했는데 벌써 두통이 오는 것 같다. 하여튼 너는 끝까지 말이 많아.

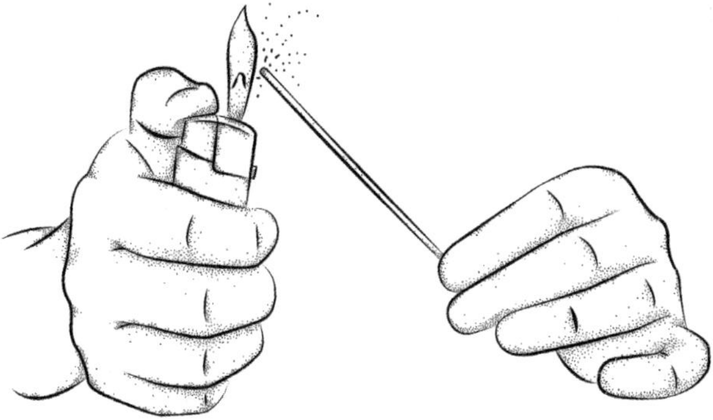

일상의 살인

EVERYDAY
MURDER

스틱 폭죽

EVERYDAY
MURDER

이응 . 01

이만한 배려가 또 어디 있어요. 내가 말이에요. 한 번에 개를 쫘악— 찢으려고 그랬는데 개 아플까 봐. 아니 정말. 정말로요. 진짜 개 아플까 봐 천천히 찢어서 분리한 거예요. 아니 내가 왜 이제 와서 거짓말을 하겠어요. 뭐요? 지금 저한테 미쳤냐고 그랬어요?

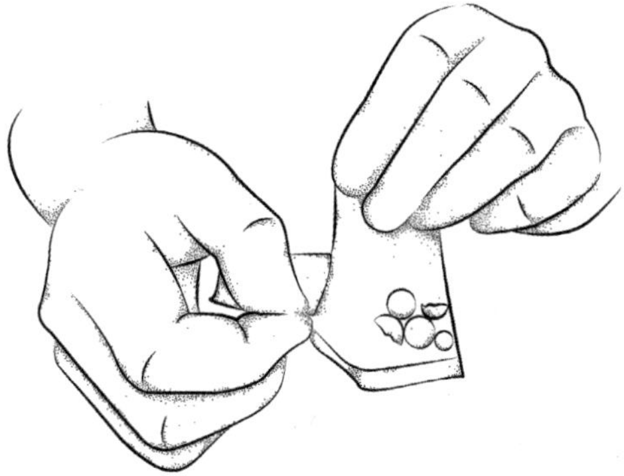

일상의 살인

EVERYDAY
MURDER

약봉지

EVERYDAY
MURDER

이응 . 02

으드득— 콰직. 두 동강 내는 건 이젠 일도 아니다. 예전엔 망치나 칼이 필요했는데 이제는 장비 없이도 꾸준히 해온 악력 운동으로 인해 힘이 꽤 강해졌다. 이제는 장비가 필요 없을 정도다. 하지만 뒤처리를 생각만큼 깔끔하게 할 수 없어서 그게 문제이다. 손안에 축축이 묻는 것도 작업이 끝난 후 남는 몸통도. 더 깨끗하게 처리하는 방법은 없는 걸까?

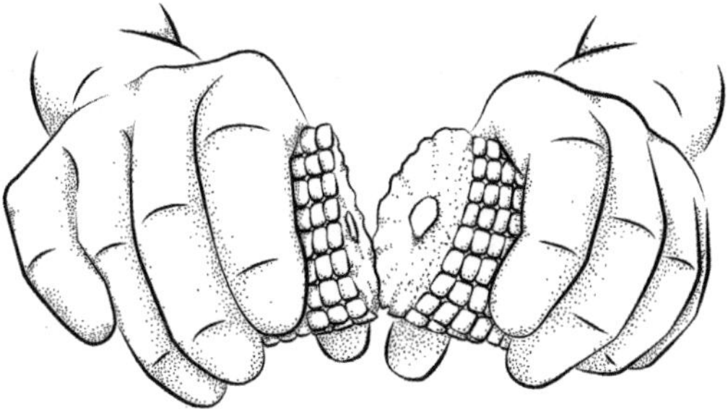

일상의 살인

EVERYDAY
MURDER

옥수수

EVERYDAY
MURDER

지읒

사악— 사악— 몸 사이를 뚫고 나오는 소리가 공간을 서서히 채워나갔다. 어깨를 잔뜩 웅크리고 시작된 반복적인 손놀림은 시간이 갈수록 익숙해져 속도가 붙었다. 순간의 분노로 충동적으로 행동했지만 반복되는 시간 속에 어느새 내 화도 사라진 뒤라 뒤늦은 후회가 밀려왔다. 조금만 참을 것을.

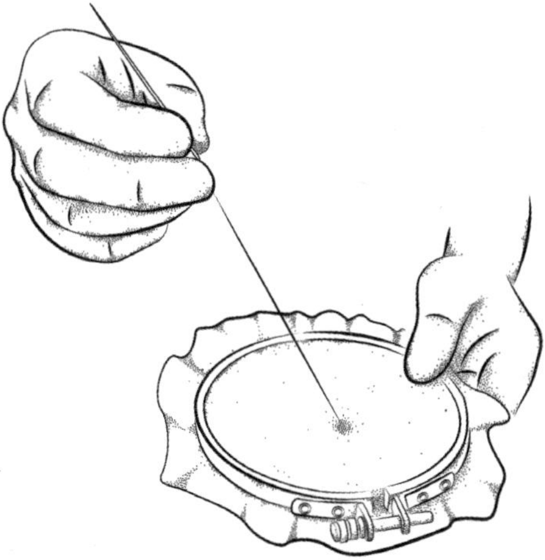

일상의 살인

EVERYDAY
MURDER

자수천

EVERYDAY
MURDER

치읓

생각보다 봉투가 좀 작아서 삐져나오지 않게 잘 넣으려면 최대한 부피를 줄여야 했다. 짜내고 짜내서 한 방울도 몸 안에 남아있지 않도록 있는 힘껏 누른다고 눌렀는데도 아직도 나온다.
흐음— 결국 밑을 잘라 몸 안을 긁어내야 하나. 아, 귀찮아.

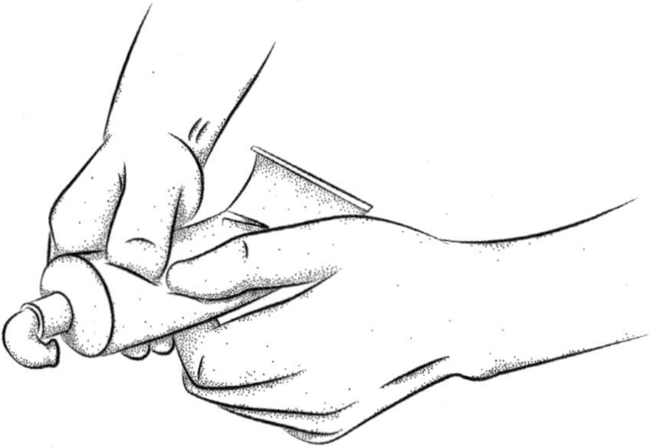

일상의 살인

EVERYDAY
MURDER

치약

키읔

3분이면 끝날 거라 하던데 과연 정말일까. 끝을 잡고 뒤로 젖힌 후 아까부터 끓고 있던 물을 단숨에 부었다. 소리를 지를까 봐 서둘러 입을 막았는데 예상과는 다르게 차분하고 조용했다. 조금만 참아봐봐. 3분이면 끝난대. 3분이면.

일상의 살인

EVERYDAY
MURDER

컵라면

EVERYDAY
MURDER

티읕 . 01

얼마나 이 날을 기다려왔는지. 두근거리는 마음을 가다듬을 새도 없었다. 드르륵— 중간을 반듯하게 가를 때는 사실 각도가 중요하니 누워있는 몸을 약간 비스듬히 돌려 눕히고 날카로운 칼끝을 갖다 댔다. 스윽— 스윽— 왜 이렇게 기분이 들뜨는 걸까. 아마 열고 나면 답을 알게 되겠지?

일상의 살인

EVERYDAY
MURDER

택배상자

티읕 . 02

애초에 비싸게 굴지 말았어야지. 왜 자꾸 화를 내게 하는 거야. 가득 찬 물 안으로 힘을 줘 담갔다. 철퍼덕— 크게 반항이 없음에도 내 힘 조절이 잘못되었는지 물이 사방으로 퍼졌다. 넣었다 들었다를 반복하자 서서히 조용해졌다. 잔잔히 붉게 번지는 색이 보이고 할 말을 잃자 어느새 붉은 내음이 내 코끝까지 다가와 있었다.

일상의 살인

EVERYDAY
MURDER

티백

EVERYDAY
MURDER

피읖 . 01

으드득— 으드득— 소름 끼치는 소리가 반복되었다. 겹겹이 쌓여가는 것들이 눈앞에 보인다. 좀처럼 속도가 나질 않아서 힘껏 손으로 돌리자 비명이라도 지르듯 끼익—하는 소리와 함께 마지막 덩어리들이 떨어져 나왔다. 더운 공기가 가득한 공간 안으로 차가운 침묵이 들어섰고, 턱 아래로 땀이 한 방울 흐르기 시작했다.

일상의 살인

EVERYDAY
MURDER

팥빙수 얼음

EVERYDAY
MURDER

피윤 . 02

처음 봤을 때 그 아름다운 굴곡에 말을 잃었었다. 빨갛게 익은 얼굴도 예뻤고. 그런데 그런 걸 지금 와서 얘기해봤자 무슨 소용일는지. 외면이 아름다운 것도 한때지. 내면이 아름다워야지. 내면이. 서걱— 반 토막 난 몸 안에서 뭔가 우르르— 쏟아져 나왔다.
음. 외면이 아름답다고 꼭 내면도 아름다운 건 아니네.

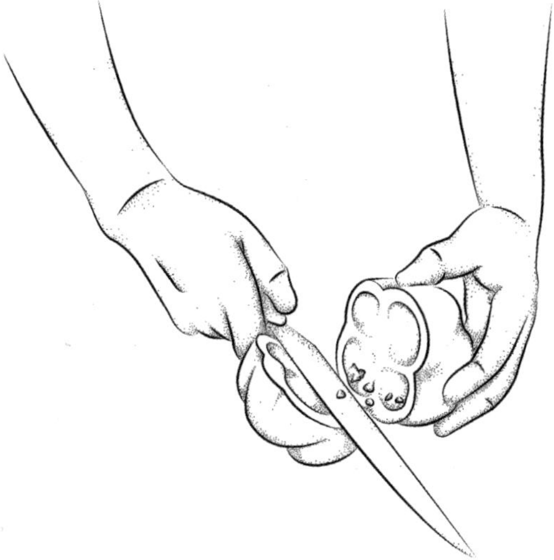

일상의 살인

EVERYDAY
MURDER

파프리카

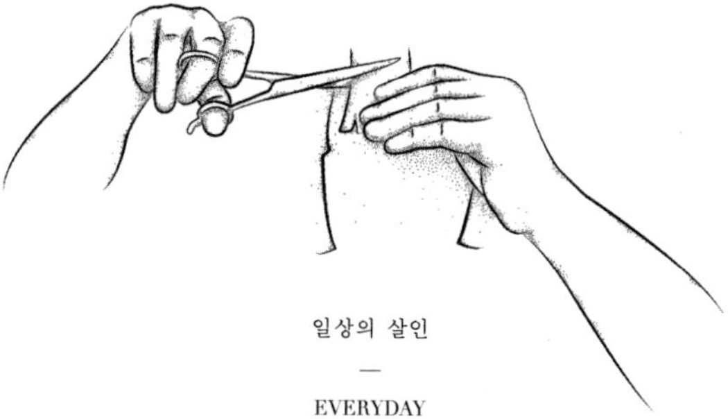

일상의 살인

—

EVERYDAY
MURDER

—

앞머리

후기

—

일상의 살인은 예전부터 해오던 생각을 시각적으로 풀어본 작업인데요. 감정 없는 일반적 행동에 감정을 넣게 되면 얼마나 껄끄러워지는지를 표현하고 싶었습니다. 하지만 무겁기만 한 내용이 아니길 바랐기에 반대로 텍스트 바로 뒤에 일러스트를 배치하여 무게를 덜어내려 했습니다.

제가 항상 추구하는 것은 한 가지 감정으로만 이루어져 있는 것이 아니라 두 가지의 감정이 섞여 있는 것들인데, 이번 책 역시 알게 모르게 그런 것들을 담으려 했습니다. 앞으로 계획 역시 어울리지 않는 반대되는 것들을 섞어 틀이 없는 이야기들을 계속해서 만들어가고 싶습니다. 아무튼, 점찍는 시간이 더 많았던 작업이었지만 이렇게 또 끝을 보게 되니 참으로 기분이 복잡미묘하고 기쁩니다.

일을 그만두고 비바람을 얼굴에 정통으로 맞으며 아직 벌판에 서있지만 언젠가는 우산 하나 손에 들 날이 오길 바랍니다. 올 한 해 또 다른 책에서도 만날 수 있게 열심히 달리겠습니다. 소중한 시간을 내주어 이 책을 읽어주신 분들께 정말 감사드리고 또 감사합니다.

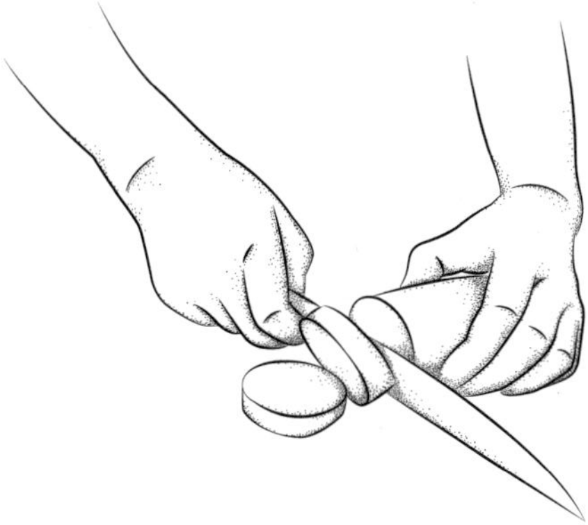

우세계

—

다른 이가 만들어낸 기획이 모두 끝난 후 맡겨진 디자인 일을 하면서 항상 의문이 들었다. '과연 이게 내가 만든 디자인이라고 할 수 있을까?' 의뢰라는 명목하에 수정에 수정을 거듭해 완성된 결과물이 오히려 마음에 들지 않아 본인이 작업한 것이라 차마 말하지 못할 때도 있었다.

결국 우세계는 2016년 다니고 있던 회사를 일평생 못 가본 디즈니랜드를 다녀와 헌책방을 하고 싶다는 정신 나간 소리를 마지막으로 남긴 채 퇴사를 하게 되었다. 그리고 현재 우세계는 무소속 자유인으로 좋아하는 취향의 것들을 하나씩 골라 독립출판으로 책을 만드는 작업을 해나가고 있다. 이제는 본인의 기획으로 시작되어 본인의 디자인으로 마무리되는 작업을 통해 본인만의 작업 세계를 구축해 나가고 싶은 마음이 크다.

woosegye@gmail.com

소 판

디자인이음

유 권

일상의 살인

2017년 7월 31일 1판 1쇄 발행
2019년 7월 19일 2쇄 발행
지 은 이 우세계
그 린 이 우세계
공동기획 스토리지북앤필름 강영규
발 행 인 이상영
편 집 장 서상민
편 집 인 채지선, 한성옥, 이경은
디 자 인 서상민, 전가람, 오윤하
마 케 팅 손주우
펴 낸 곳 디자인이음
등 록 일 2009년 2월 4일:제300-2009-10호
주 소 서울시 종로구 효자동 62
전 화 02-723-2556
메 일 designeum@naver.com
blog.naver.com/designeum
instagram.com/design_eum

*잘못된 책은 바꾸어드립니다.